POÉSIES

DE

CHRISTOPHE DES FRANCS

SEIGNEUR DE LA CHALONNIÈRE ET DE LA JALOUSIÈRE

PRÈS CHAMPDENIERS

IMPRIMÉES A NIORT, CHEZ PORTAU, EN 1595

ÉTUDES

PAR

L.-B. DES FRANCS

Ancien professeur,
Membre de plusieurs Sociétés savantes

Extrait des *Mémoires de la Société de Statistique, Sciences,
Lettres et Arts des Deux-Sèvres.*

NIORT

L. CLOUZOT, LIBRAIRE-ÉDITEUR

22, RUE DES HALLES, 22

1878

ETUDES

SUR

LES POÉSIES

DE

CHRISTOPHE DES FRANCS

SEIGNEUR DE LA CHALONNIÈRE (1) ET DE LA JALOUSIÈRE (2)

PRÈS CHAMPDENIERS

—

I

MESSIEURS,

Chaque siècle, dit-on, a sa tâche à remplir et occupe utile-
ment sa place dans le grand concert du progrès vers lequel
tend incessamment l'humanité. Ainsi l'un se distingue par la
patience des érudites recherches, l'autre par la perfection et le
culte de la forme; tantôt ce sont les lettres qui dominent,
tantôt ce sont les sciences qui prévalent. Mais ni les lettres, ni les

(1) Paroisse de Rouvres.
(2) Paroisse de Saint-Christophe-sur-Roc.

sciences prises isolément ne suffisent à nous satisfaire ; nous
aspirons à un idéal plus élevé : jadis on se contentait du simple
mérite de la forme ; aujourd'hui on veut y joindre la valeur du
fond, on est devenu, et avec raison, plus *exigeant*. La critique
ne se borne plus aux mots, c'est un détail d'école : empreinte
de cette philosophie sans laquelle il n'y a rien qui pénètre dans
les entrailles des faits, elle atteint les idées jusques dans leurs
racines, elle les scrute jusques dans leurs replis les plus intimes.
De notre temps, qui s'éprend des trop nombreux volumes où
La Harpe passe au laminoir de sa superficielle critique, les su-
blimes écrivains de notre grand siècle littéraire, à plus forte
raison qui s'inquiète des littérateurs de second ordre, des
vulgaires compilateurs qui n'ont guère d'autre mérite que de
fournir des matériaux aux vrais pionniers de la science ? Pour-
tant à ce titre ils ont encore certaine valeur, ils ne sont pas à
dédaigner surtout quand ils ont fait jaillir une étincelle
capable d'éclairer notre histoire, quand ils ont retrouvé *quelque*
fil qui aide à débrouiller nos antiquités et permet de raviver nos
illustrations provinciales. Je ne sais si je dois ranger dans
cette utile catégorie un médiocre avocat Percheron qui vivait vers le milieu du siècle dernier. Dreux-Duradier avait,
j'en conviens, l'amour de l'étude ; ce fut de son temps un infati-
gable écrivain, mais il manquait d'une essentielle qualité, de
perspicacité. Se croyant un érudit pour avoir lu divers recueils
soi-disant historiques à une époque où l'on confondait encore
l'histoire avec le roman, il a composé maints ouvrages où trop
souvent le défaut de critique le dispute à la lourdeur d'un style
sans relief, sans faire allusion aux compilations intitulées :
Tablettes historiques et anecdotiques des rois de France,
Mémoires historiques des reines et régentes de France, Histoire
des fous en titre d'office, méchants ouvrages qui ont servi,
depuis 1830, de sources où ont puisé tous les pamphlétaires
pour déverser l'injure sur nos anciens rois, pour décrier tout
ce qui est digne de respect, au profit d'odieuses passions, je
veux vous dire quelques mots de l'ouvrage auquel il a décerné
le titre aussi pompeux que vague de Bibliothèque historique et
critique du Poitou.

II

Un seul article, Messieurs, suffira sans doute à vous faire connaître la manière de cet écrivain, trop souvent partial et inexact dans ses appréciations ; il s'agit du jugement qu'il a porté sur un des poètes qui, au xvie siècle, à cette époque si justement dite de la Renaissance, ont essayé en Poitou, de faire connaître les plus célèbres auteurs latins, et en les traduisant de pousser et de promouvoir notre langue dans la voie du progrès. Cet auteur, le premier qui ait traduit, en vers alexandrins, les Métamorphoses d'Ovide (1), un des ancêtres dont je me glorifie de descendre, était Christophe des Francs, fils de Pierre dés Francs de la Châlonnière, homme d'armes de Fontenay, à quelques lieues de Niort, sur la lisière de la Gâtine, né au château de la Jalousière, vers l'an 1540 (2).

III

Voici ce qu'en dit Duradier : « Ch. des Francs publia à « Niort, en 1595 (chez Portau) une traduction en vers héroïques « des Métamorphoses d'Ovide. » D'abord il en critique le titre qui lui semble bizarre : Puis arrivant au fond, il traite son ouvrage, sans nul ménagement ni égard au temps où il vivait, de longue et fastidieuse paraphrase, sans en citer aucun passage, omission que je vais réparer, afin de mettre le lecteur à même d'apprécier la valeur des poésies de notre concitoyen. Puis avec le ton dégagé familier aux trop superficiels écrivains du

(1) François Habert, d'Yssoudun, fit paraître, vers le milieu du xvie siècle, une traduction des Métamorphoses d'Ovide, qu'il dédia à Henri II, mais elle est écrite en vers de dix syllabes.

(2) Pierre des Francs qui fut blessé au siège de Lusignan, pendant les guerres de religion, était fils de Joachim, sgr des Francs, de Seneuil et d'Exoudun. Il figure parmi les hommes d'armes de Niort et de Poitiers sur les rôles de la noblesse du Poitou. Il descendait de Guillaume des Francs, sgr de Verrines, près Saint-Maixent en 1123, et de Hugo, sgr de Chalais en 1249.

dernier siècle, il ajoute : « l'auteur qui aimait apparemment la musique y a joint des notes pour mettre les lecteurs en état de chanter ses vers. »

Duradier eût pu ménager ici un rapprochement avec les psaumes de David mis en musique par Clément Marot, ce qui n'eût pas manqué d'intérêt. L'un sans doute voulait par le chant vulgariser l'instruction française et chrétienne, l'autre, propager le goût de l'instruction et de l'harmonie. La tentative, pour avoir échoué en partie, ne manquait pas d'à-propos. Il a donc tort de se réjouir de l'insuccès de cette tentative en ajoutant ironiquement : « sa musique et sa poésie n'ont pas eu un sort plus heureux l'un que l'autre. »

IV.

Ensuite il aborde, ou semble vouloir aborder, en critiquant la forme, l'œuvre de Christophe. Là encore il montre sa légèreté ou sa paresse, car il s'appuie sur le témoignage d'un écrivain janséniste qu'il cite en ces termes : « sa versification, dit l'abbé Goujet, a tous les défauts de son temps, hiatus, enjambements, rimes insuffisantes, expressions forgées. Sans condamner en entier cette critique souvent justifiée sous plusieurs rapports, je repousse nettement la dernière ; *expressions forgées,* ne me paraît pas reposer sur la vérité, surtout en un temps où la langue française n'était pas encore définitivement fixée. Au contraire, à mon sens, il faut savoir gré à des Francs d'avoir conservé un grand nombre de vocables extraits du dialecte Poitevin, excellente synonymie qui eût paré à la pauvreté de notre langue. J'en citerai plus loin quelques exemples. (-) voir à la fin.

Toutefois, toujours d'après Goujet, il administre un correctif pour pallier l'âpreté de sa vaine critique de seconde main : « malgré ses défauts, le langage de cette version est moins barbare, la versification même plus coulante et moins dure (toujours sans aucune citation) que dans la traduction du même ouvrage en vers héroïques (ou grands vers) donnée plus de vingt ans après par Raymond et Charles de Massac. »

N'eût-il pas été convenable, avant de porter un jugement, de comparer l'œuvre de Christophe avec les traductions antérieures d'Ovide que l'auteur ne devait pas ignorer ? Ce qu'il a omis de faire, je vais le réparer en m'efforçant de combler cette regrettable lacune.

V.

Peu de poètes ont été aussi goûtés dans tous les temps que le chantre des Métamorphoses, que l'auteur des touchantes élégies qu'on lit encore aujourd'hui avec intérêt ; si l'on pouvait retrancher le premier volume de ses œuvres renfermant des poésies trop érotiques, où il développe avec trop de complaisance la théorie de passions dangereuses, (amores, ars amatoria, remedium amoris), des poésies que ne sauraient excuser ni les ardeurs du climat méridional sous lequel il naquit, ni l'état des mœurs de son siècle déploré même par Horace, son contemporain, on n'aurait que des éloges à décerner à l'auteur des Fastes, sorte de préface patriotique, d'introduction à l'histoire nationale des Romains : on n'aurait que des couronnes à offrir à l'auteur de ces Métamorphoses, véritable histoire de la mythologie, chef-d'œuvre poétique qui assigne une place à Ovide entre Homère et Virgile ; galerie de tableaux, source d'images où poètes et peintres, où tous les autres artistes peuvent puiser à pleines mains de vivifiantes, d'inépuisables inspirations.

VI.

Aussi, quand au moyen âge s'était opérée une réaction profonde contre l'antiquité gréco-romaine, contre les créations du paganisme, le poète de Sulmone, grâce à la fécondité d'une imagination qui s'alliait à merveille avec l'abondance de développement dont furent toujours amoureux les Gaulois et leurs descendants, échappa-t-il à la proscription ou au délaissement qui frappa les auteurs païens. L'évêque de Vienne, saint Avite en faisait grand cas; Grégoire de Tours le cite plus d'une fois dans son Histoire des Francs, on en retrouve des exemplaires aux monastères fameux de Saint-Gall et de Jumièges; enfin quand la découverte de l'imprimerie vint donner un libre essor à la pensée trop comprimée, depuis dix siècles, la Renaissance vit en cent ans se succéder coup sur coup 25 éditions des seules Métamorphoses, à Vienne, à Cologne, à Paris, à Lyon, et même en Flandre, en Angleterre, jusqu'au bout de l'Europe. Quel enthousiasme pour les beaux vers! Il semblait que la poésie, la langue des Dieux, qui ne cherche qu'à peindre par la parole, qu'à donner un corps visible à la pensée, fût la seule capable de lutter avec le grand improvisateur latin. Ovide, en dépit de Planude, ne pouvait être traduit en prose. Le premier, selon l'ordre du temps, qui entreprit cette lutte, ce fut, dit-on, François Habert, d'Yssoudun. Je crois qu'il en existe un exemplaire, presque introuvable, dans la Bibliothèque nationale; je l'ai vu, il est écrit en vers de dix syllabes et dédié au roi Henry II. Vers le même temps Clément Marot s'essayait aussi à cette difficile besogne et dans le même rhythme : mais rebuté par la longueur de la tâche, il s'est arrêté après le 2° livre. Restait donc une place à prendre, car les versions de ces deux auteurs laissent à désirer sous le rapport de la forme et de l'exactitude.

VII.

Un poète Poitevin, je pourrais dire Niortais, Christophe des Francs, qui avait préludé à sa carrière poétique par des poésies légères, dont une ode servant de préface à son livre permet de juger, plein de la lecture des romans de chevalerie du moyen âge avec lesquels les aventures des héros et des héroïnes des Métamorphoses lui semblaient avoir quelques rapports, Christophe entreprit de faire connaître à ses concitoyens, afin de les récréer au sortir des guerres de religion qui avaient désolé nos contrées, ses histoires olympiques ou du Grand Olympe, selon son expression. Jaloux sans doute des lauriers de Ronsard et de ses devanciers dans la même carrière, il résolut de traduire en vers héroïques ou de douze syllabes, correspondant mieux au vers hexamètre que le vers décasyllabique, les quinze livres des Métamorphoses : ce qui donne un effectif de 15 à 18,000 alexandrins : tentative ardue pour ce temps-là, je dirai même irréalisable.

VIII.

Afin de vous édifier, Messieurs, sur la valeur d'un poète peut-être trop méconnu jusqu'à présent, et qui à mon avis, mérite de siéger non loin d'Agrippa d'Aubigné, le fameux auteur des Tragiques, je vais vous en donner une succincte analyse que je vous prie d'accepter d'une oreille favorable, malgré la rudesse du langage, en vous reportant à cette dure époque du XVIᵉ siècle, où la langue française n'était pas encore adulte.

Après s'être laissé complaisamment décerner un sonnet dont l'exagération louangeuse trahit ou le faux goût d'un disciple de la Pléiade, ou une reconnaissance intéressée, Christophe des Francs cédant à son inspiration poétique, où plutôt à une innocente manie de rimer, saisit la lyre de Ronsard qu'il prenait sans nul doute pour celle de Pindare ou d'Horace. Il cherche d'abord à s'insinuer, non sans grâce et sans finesse, dans l'esprit de ses lecteurs, puis il entonne une ode qui ne comprend pas moins d'une centaine de vers, divisés en strophes, antistrophes et épodes ; chaque strophe se composant de douze vers de sept syllabes, chaque épode de huit vers à rimes croisées ou entrelacées, en voici un spécimen :

IX.

Le poète débute ainsi s'adressant d'abord à ses confrères du Parnasse :

> O lecteurs, gentils esprits
> Qui savez maintes histoires,
> Et avez les vers de prix
> Engravés dans vos mémoires !

Puis il passe aux simples lecteurs qu'il appelle amateurs de beaux vers et doctes lettres, et leur offre dans la lecture de ses vers un agréable passe-temps : ensuite, sans souci des hiatus que ne proscrivait pas encore l'austère critique de Malherbe, il adresse à ses lectrices un compliment : « dès ce temps-là il y avait des femmes lettrées, témoin la fabuliste Marie de France et la belle Cordière de Lyon. »

> Vous dames et damoiselles
> Qui cherchez les nouveautés,
> Qui aimez que choses belles
> Accompagnent vos beautés,
> Jamais l'excellent poète
> Ne chantera faits méchants,
> Sa plume sera muette
> Ne pouvant trouver tels chants.

Si Ch. des Francs n'envisage pas l'art des vers, comme ferait un poète épique, s'il ne s'élève pas à la hauteur de la docte antiquité aux jours de sa splendeur, ne pourrait-on pas dire que le point de vue de moralité qu'il assigne à l'expansion poétique, a bien aussi son prix et sa valeur ? C'est un milieu entre l'Ecole de Marot et celle de Ronsard : Si une prévention ne m'abuse en sa faveur, je vois dans ce poète Poitevin, non pas certes un émule de Corneille et de Racine, mais assurément un précurseur de Segrais et de Racan.

X.

A ces nobles qualités du cœur où l'on reconnaît l'homme bien né, l'homme d'une race d'élite, se joint une délicatesse d'esprit, une finesse de trait qui sans doute pour s'épanouir en beaux ouvrages, pour se buriner en caractères profonds, à la manière des **H**orace et des Boileau, n'attendait qu'un milieu plus policé, un siècle plus recueilli où l'expression reflète nettement la pensée ; par exemple ces vers :

> Tenez, lisez, ô enfants,
> L'olympe vous faut entendre
> Pour faire des vers triomphants,
> Si muses voulez apprendre.
> Vous y verrez des histoires
> Gentilles, dignes de gloire ;
> Et retiendrez les beaux styles,
> Doux, polis, non difficiles :
> Ce ne sont que changements
> Que Français souhaitent lire,
> Car leur naturel désire
> Rechanger à tous moments.....

Qu'elles lisent sans crainte, elles ne trouveront dans ces chants aucun mot susceptible d'alarmer leur pudeur ; utile précaution à une époque où écrivait le graveleux Brantôme, à une époque où même la chaire catholique retentissait de termes indécents ; c'est un témoignage de la délicatesse de l'auteur. Il ne veut pas imiter la tourbe des poétastres (vocable disparu de notre langue et non remplacé), qui sans autre talent que la banale médisance s'en vont attaquer la vertu des dames, ces mauvais poètes ardents à l'insulte

> Jettent leurs plumes légères
> Contre vous mille brocards
> En sots chants avec lourds mètres,
> Et puis sèment viles lettres
> Ou les plantent par placards.

Avec autant de malveillance n'agit pas le poète vraiment digne de ce nom, ou qui comprend la dignité qu'impose l'art noble des vers :

> Le poète par son chant
> Jamais nul ne profanise, (calomnie)
> Et son vers n'est vu tranchant,
> Mais un chacun favorise.

Cette excellente science
Est remplie de constance,
Il n'est beau que douce science
Se joue de nul médire,
Doit plutôt le mal céler ;
Esclandre ne lui faut faire,
Apprendre lui faut à taire
Le sot fait, le mal parler.
Le poète ne s'amuse
A tels rimaillis chanter ;
Mais du doux air de sa muse
Veut un chacun contenter :

Ecoutez, Messieurs, cette strophe, vous y gagnerez, si je ne m'abuse, non moins que moi qui la transcris à trois siècles d'intervalle :

Le Français est envieux
De voir quelque chose belle,
Il quitte ses habits vieux
En prenant façon nouvelle ;
Jamais il n'a de constance,
Ainsi se maintient la France !
Voyant ces vers, vous aurez
En suivant votre nature
Plaisir à telle lecture
Ou maints gentils faits saurez.

A part quelques redites et incorrections imputables au temps où vivait l'auteur, quelle leçon il donne à ses contemporains, aussi versatiles alors en religion que nous le sommes aujourd'hui en politique ! Ils aiment, dit-il, à changer d'Etat, comme ils aiment à changer de costumes et de modes : si encore les façons n'étaient pas si chères, passe ! mais au XVIe siècle comme au XIXe, qu'y pouvaient les vers, les sermons ou la polémique ?

XI.

Après ce préambule où la variété du mètre et la richesse incontestable de la rime suffiraient, même sans deux autres morceaux lyriques désignés sous le nom de chanson d'Orphée (liv. x, v. 189), à démontrer la souplesse du génie de l'auteur, Ch. des Francs aborde son sujet, en prévenant le lecteur qu'il peut chanter, s'il lui plaît, tous ses vers sur un mode qui rappelle assez les psaumes de David, mis en musique par Cl. Marot, à l'intention des protestants. Voici le début de la traduction de Marot :

> Ardent désir d'escrire un haut ouvrage
> M'ha vivement incité le courage
> A réciter maintes choses formées
> En autres corps tout nouveau transformées.

Voici celui du poète poitevin :

> Un véhément désir m'est venu inciter
> Pour des mutations de grand poids réciter,
> Qui transmuées sont en incroyables changes
> En variables corps et figures estranges.

Ovide avait dit :

> In nova fert animus mutatas dicere formas
> Corpora, etc.

Passons au début du ii⁰ livre des Métamorphoses, à la description du Palais du Soleil. Marot traduit ainsi :

> Le grand palais où Phœbus habitait
> Haut eslevé sur colonnes estait,
> Tout luisant d'or et d'escarboucles fines
> Qui du clair feu en splendeur sont affines. (voisines)

Ch. des Francs traduit en amplifiant à sa manière :

> La grande et belle salle où Phœbus habitait
> Sur colonnes d'or fin haut eslevée estait ;
> D'un ivoire poli voûtée et lambrissée,
> De drap et toile d'or richement tapissée,
> Doubles portes d'argent à cloux et verroux d'or,
> L'ouvrage surpassait tout ce grand prix encor.

Ovide avait écrit tes vers que l'on connaît dès l'école ;

Regia solis erat sublimibus alta columnis,
Clara micante auro flammasque imitante pyropo :
Cujus ebur nitidum fastigia summa tenebat :
Argenti bifores radiabant lumine valvæ :
Materiem superabat opus,

XII.

Avant d'aller plus loin, je m'empresse de prévenir le lecteur ou l'auditeur dont l'imagination et le goût aiment à se rappeler l'harmonieuse cadence des vers du poète latin, que je n'ai pas la prétention d'opposer les imparfaites ébauches d'un versificateur poitevin du xvie siècle au style si subtil, si raffiné d'un chantre à l'imagination inépuisable, qui eut la chance de naître, non pas à une époque de formation, mais au siècle d'or d'une florissante littérature, d'un poète qui eut le bonheur d'entendre de fameux maîtres, et d'avoir à sa disposition, non pas une langue, rude et grossière, mais un des plus parfaits instruments de la pensée humaine.

Laissant donc de côté une comparaison impossible, sans intérêt peut-être, entre deux auteurs placés dans des conditions si inégales, je me propose seulement de faire ressortir par quelques citations, le talent ou genre d'esprit de Christophe des Francs, de ressaisir dans des traits épars une image de ses idées, une empreinte de ses mœurs, une ébauche de son caractère, enfin de reproduire autant qu'il m'est permis, sous sa physionomie ainsi ravivée, restaurée, la caractère de l'époque où il vécut. De cet examen il jaillira, je l'espère, quelques réflexions qui donneront matière à des rapprochements entre la langue du xvie et celle du xixe siècle, où l'on verra ce que nous avons perdu en originalité, ce que nous avons gagné en précision, par le progrès du temps.

XIII.

Tous ceux qui ont fait des études libérales connaissent les beaux vers que le poète latin met dans la bouche de Phœbus, lorsqu'il donne ou essaie de donner des conseils à l'imprudent Phaéton qui aspire, comme tant d'autres, à monter dans un char qu'il se croit habile à diriger :

> Medio tutissimus ibis....
> Corripe lora manu : vel si mutabile pectus
> Est tibi : consiliis, non curribus utere nostris. (*Mét.*, l. ii).

Voyons comment les traduit ou plutôt les imite le poète français du xviᵉ siècle :

> Va-t-en donc sagement droit entre les deux pôles ;
> Adieu, mon fils, adieu, garde bien mes paroles :
> Que fortune te guide ! de partir te convient ;
> La nuit s'en va passée, et déjà le jour vient :
> Monte, fils, sur mon char, prends bien toutes les rênes,
> Ou change fantaisie, etc.
> Advise-toi, mon fils, quitte ton entreprise,
> Escoute mon conseil, et point ne le méprise.
> Mais de tout ce discours Phaéton bien loin fuit,
> Sa trop folle requête, ainsi qu'un fol, poursuit.

Il me semble, Messieurs, voir poindre dans ces vers deux qualités essentielles : la simplicité, la rapidité pressée d'arriver au but, qui caractérisent les meilleurs auteurs des siècles suivants.

XIV.

On sait qu'Ovide s'était aussi essayé dans la tragédie, et qu'après Euripide, il avait abordé le sujet si dramatique de Médée : sans doute ces vers des Métamorphoses en offrent un ressouvenir.

Ut tamen accessit natus, matrique salutem
Attulit et parvis adduxit colla lacertis,
Mixtaque blanditiis puerilibus oscula junxit,
Mota quidem est genitrix. . . . . .
Tendentemque manus, et jam sua fata videntem,
Et mater, mater ! clamantem et colla petentem,
Ense ferit. (*Mét.*, l. vi, vers 623.)

Voici la traduction :

L'inhumaine dès lors voulut jouer son rôle ;
Mais le petit mignon vint à elle jouer :
Or elle en eut pitié et se prit à pleurer :
Quand il la vit pleurer, sautillant il s'élance
En la voulant baiser de son baiser d'enfance. . . . . .
Quand il vit le couteau de la gaîne arraché,
Mère ! mère ! il criait : nonobstant la cruelle
Oublia tout-à-fait la pitié maternelle.

Ces vers, j'en conviens, sont loin d'être irréprochables, mais ils exhalent une naïveté de sentiment qui n'est pas sans charmes, et qui se rapproche parfois du pathétique.

Veut-il dépeindre la terreur de la nymphe Aréthuse, il s'exprime ainsi :

Quand près de moi le vis, je ne m'osais mouvoir,
Non plus que la brebis sentant du loup l'haleine,
Étant autour du parc, aux champs, dans une plaine ;
Ou comme un lièvre aussi caché dans un buisson,
Quand il entend les chiens ou des trompes le son.

Ces vers, si je ne m'abuse, eussent désarmé par leur correction la critique de Malherbe.

XV.

Que dire des vers suivants, sur le veuvage ? La Fontaine ne les eût pas désavoués. Vous allez, Messieurs, en juger par comparaison :

L'époux d'une jeune beauté
Partait pour l'autre monde : à ses côtés sa femme

Lui criait : Attends-moi, je te suis; et mon âme
Aussi bien que la tienne est prête à s'envoler.

Me quoque tolle simul : certe jactabimur una,
Nec, nisi quœ patiar, metuam ; pariterque feremus
Quidquid erit; pariter super œquora lata feremur.

(Met., l. xi, v. 441.)

Ainsi s'exprimait d'après Ovide, notre admirable fabuliste.
Voyons maintenant l'essai du poète Poitevin :.

Petit est à priser tout deuil que femme mène,
Elle pleure de l'œil, mais rit dedans son cœur,
S'attendant tôt avoir un autre serviteur :
En pleurant son mari qu'on porte dans la terre,
Elle pense, à part soi, quel autre pourra querre.

Un siècle plus tard La Fontaine qui ne dédaignait pas les
emprunts, ni les imitations, disait à son tour :

La perte d'un époux ne va point sans soupirs;
On fait beaucoup de bruit, et puis on se console.
Sur les ailes du vent la tristesse s'envole;
Le temps ramène les plaisirs.

Le style est plus élégant, c'est incontestable; mais la
pensée est-elle plus vraie, plus originale que celle de son
devancier?

XVI.

Certes, je n'ai pas dessein de réhabiliter Ch. des Francs
comme un génie méconnu, comme un poète digne de figurer à
côté des illustrations du xviie siècle, mais je tiens à le poser
dans son véritable jour, comme un écrivain érudit et original
qui a pu influer sur la formation de notre langue si retardée
par les guerres contre les Anglais, et par les luttes religieuses
dont nos pays de l'ouest furent si longtemps le théâtre. En quoi
donc peut consister l'originalité d'un traducteur infidèle? dans
la nature et le caractère de son infidélité même. Pour moi le

poète Poitevin est surtout un conteur qui s'est emparé des fables mythologiques comme tel autre, des contes de Perrault, pour mettre au jour son érudition puisée dans la lecture du Roman de la Rose, des fabliaux du Moyen Age, sans souci aucun des anachronismes. Seigneur Poitevin indépendant en son manoir, ne s'inquiétant guère que de la chasse et de l'amour, il se délecte à reproduire, en y intercalant ses pensées, les riantes allégories des païens qui lui souriaient bien plus que les sombres mystères sortis des forêts des Druides, ou des tristes bords du Jourdain où commence le désert.

En voulez-vous des exemples ? écoutez cette description des Bacchanales :

Hommes, femmes, enfants, les jeunes et les vieux,
En l'honneur de ce Dieu jouaient plusieurs beaux jeux :
Farces, rondeaux, sonnets, virelets, tragédies
Se jouaient en son nom, et maintes comédies :
Un chacun présentait aux filles ses amours ;
Dans Thèbes on oyait trompettes et tambours.
Cornemuses, hautbois, chalumeaux, bombades,
Violons, force bals, danses, courses, ballades ;
Cierges, torches, falots eussiez vu rallumer,
Feux de joie, et d'encens les temples parfumer.
Allaient au nouveau Dieu tous offrir des victimes,
Dans Thèbes lui donnaient du bétail les décimes,
De verts pampres de vigne avaient des chapelets
Sur leurs têtes, aux bras de même bracelets ;
Brandons ardents portaient en l'honneur et mémoire
De Bacchus, etc., etc.

Ou encore cette peinture de mœurs : Les dames, après la fête, quittent leur toilette.

Quand eurent défublé escoffions et guimgles,
Leurs couronnes, tourets, détaché leurs épingles,
Morions et chapeaux, ceintures, fermaillets,
Chaînes, bagues, carquants, bullettes, bracelets,
Robes et cotillons, et manteaux et cuirasse,
Leurs habits pleins d'odeurs de très-grand efficace,
Toutefois retenaient leurs escarpins dorés
Bravement enrichis, découpés et ouvrés,
De peur que l'aigu bout des piquantes herbettes
Leurs plantes n'offensât fort tendres et douillettes.

Quant à Junon, en sa qualité de reine,

> En sa suite elle avait nymphes qui lui portaient
> Sa queue, et ses tourets, quand voulait, les ôtaient.

Rien de curieux comme son costume, c'était

> Un manteau purpurin dont tous les passements
> Etaient de tresses d'or..... une robe
> Garnie en tous endroits, par quantités égales,
> De perles de grand prix, toutes orientales ;
> Et dans sa main tenait un bel et divin sceptre
> D'aloès, bois qui vient du Paradis terrestre...

Ce dernier trait est sans pareil pour la naïveté, et fait passer, cette fois, sur l'insuffisance de la rime.

XVII.

Mais le point où Ch. des Francs excelle, c'est dans la description des chasses ; il serait difficile d'offrir au lecteur une peinture plus saisissante et plus vraie que la suivante :

> Dedans un gros hallier le fier sanglier trouvèrent
> Se souillant au palus ; les chiens après huèrent :
> Mais quand il commença gens et chiens adviser,
> Craquer faisait ses dents et son poil hérisser,
> Ecumant et bavant d'une fureur superbe,
> Où l'écume tombait desséchait toute l'herbe ;
> Les yeux étincelants d'une rouge couleur,
> Les crochets fort aigus et grands à la valeur :
> Oyant ameuter chiens, le fort du bois transperce,
> Tout ce qu'il rencontrait mettait à la renverse.
> Plusieurs limiers et chiens on lui voyait pourfendre, etc.

Ovide avait dit avec plus d'élégance, mais non de vérité :

> Sanguine et igne micant oculi ; riget ardua cervix :
> Et setæ densis similes hastilibus horrent :
> Stantque velut vallum, velut alta hastilia, setæ ;
> Fervida cum rauco latos stridore per armos
> Spuma fluit : dentes æquantur dentibus indis,
> Fulmen ab ore venit ; frondes afflatibus ardent. (*Mét.* l. viii. v. 284)

Le poète Poitevin, qui tient à montrer sa science cynégé-
tique, ne recule pas devant l'anachronisme, par exemple, dans
ce passage curieux à plus d'un titre :

> Son père Pandion aimait la vénerie ;
> Le même avait aussi grande faulconnerie,
> Faulcons, émérillons, ou nobles éperviers,
> Avec aultours, gerfaux, et sacrets et laniers.

XVIII.

Mais où Christophe des Francs remporte la palme de la
poésie, eu égard au temps où il vivait, c'est incontestablement
dans la peinture de l'amour délicat et naïf : Je vais en finissant
en citer quelques passages, toujours avec réserve des anachronismes dont l'auteur ne s'inquiète ni se soucie. Peut-être la
traduction des Métamorphoses n'était-elle pour lui qu'un voile
sous lequel il voulait librement exprimer ses idées et peindre
les mœurs changeantes de son époque.

Il s'agit de la première entrevue de Jason et de Médée :

> Voyant Jason si beau, d'elle ne fut maîtresse,
> Son tendre cœur encor n'avait été dompté,
> De l'amour par Jason se trouva surmonté.

Cependant elle hésite, elle a des appréhensions pour l'avenir :

> Enfin s'il me quittait quand nous serons en Grèce,
> Quel ennui me seroit, quelle grande tristesse !
> Toutefois cesserait tout mon deuil et tourment,
> Quand il m'embrasserait bien amoureusement.

Seconde entrevue de Jason et de Médée.

> Jason la salua fort gracieusement,
> La prenant par la main, lui disant humblement,
> Mais tout à basse voix : s'il vous plait bien, ma dame,
> Je serai votre époux, et vous aussi ma femme ;
> Si par votre plaisir me voulez secourir,
> Que par vous la toison je puisse conquérir :

Si me faites ce bien, m'ôtez de cette peine.
Je vous épouserai, c'est chose bien certaine :
En Grèce mon pays, je vous emmènerai. —
— Médea lui répond : Seigneur, je le ferai :
Mon père laisserai, mon pays et ma terre ;
Non qu'ignorance ainsi me fasse cela faire,
Mais par l'effort d'amour qui me fait tout laisser,
Et mon propre plaisir, pour le vôtre, cesser.
Vous aurez la toison et toute sa richesse,
Si voulez m'épouser et me mener en Grèce.
Jason de ce propos fut aise et bien joyeux ;
Dès lors la fiança, appelant tous les dieux
A témoin de ce fait.

XIX.

J'en ai dit assez, je crois, pour mettre le lecteur à même
d'apprécier le talent poétique de Ch. des Francs : Je pourrais
encore citer l'intéressante tirade de Médée qui rappelle les
imprécations de la Camille de Corneille, quelques beaux vers
épars dans le conte de Philémon et Baucis, ainsi que le récit de
la trahison de Danaüs, mais il faut savoir se borner. Je finis.
Toutefois, Messieurs, il me reste auparavant à faire quelques
observations de linguistique qui pourront ne pas déplaire aux
amateurs du dialecte Poitevin, ainsi qu'aux rares philologues
qui s'intéressent, chez nous, aux origines du Français. Sous ce
rapport nous aurions bien des leçons à prendre de l'autre côté
du Rhin ou de la Manche. J'ai trouvé dans la langue dont s'est
servi notre poète plus de 80 substantifs propres à ce qu'on
appelle notre patois, plus de 100 verbes, plus de 60 adjectifs;
ce qui fait un total de 200 à 300 termes ou vocables empruntés,
selon moi, au Celtique, au Francique, au Latin, au Grec,
surtout au Roman ou Gallo-Romain, transformé en Français,
au moyen âge du viiie au xiie siècle, et maladroitement élagués
par les puristes de l'Académie de Paris où dominaient les
Normands.

XX.

Je vais en citer un certain nombre sans m'astreindre à l'ordre alphabétique :

1° *Substantifs* (44)

Braische	rayon d'une ruche.
Brousse	d'où broussaille.
Connin	lapin.
Housche	enclos ceint de fossés.
Rousche	espèce de glaïeul.
Sandrille	espèce de mésange.
Fresaye	oiseau de nuit.
Gerfaux	oiseau de proie.
Lannier	idem.
Sacret	oiseau de proie, espèce de faulcon.
Chevêche	espèce de hibou.
Brandes	sorte de bruyère.
Guignier	cerisier sauvage.
Fouteau	espèce de hêtre.
Fayard	idem.
Frécille	vase à claire-voie.
Tinette	id. moule à fromage.
Tramail	filet à pêcher.
Hains	espèce de hameçon.
Escoffion	espèce de coiffe.
Guimple	espèce de voile.
Carquan	sorte de ceinture.
Houppelande	longue robe.
Joincolle	écharpe.
Chartre	prison privée.
Besson	jumeau.
Fillastre	beau-fils.
Parastre	beau-père.
Mérastre	belle-mère.
Guerdon	gain.
Dardillon	petit dard.
Chapellet	petit chapeau.
Transfendeur	
Pourfendeur	
Rembarrement	dérivé de barre.
Flajol flute	morceau de bois.
Châlit	bois de lit.
Meslier	nèflier.
Repentance	
Barbotement	
Cagnarderie	paresse.
Orée	entrée.
Pamoison	
Galerne	vent du nord-ouest.

2° *Adjectifs* : (42)

Avaricieux	
Enroussi	
Froidureux	
Émerveillable	
Pellu	(poillu, velu).
Songeant	rêveur.
Envileni	
Vermeillet	
Longuet	
Douillet	
Verdelet	
Feintif	cauteleux.
Blesmi	
Dolent	
Enlamé	
Cresté et crestu	
Tendret	
Seulet	
Attourné	
Croteux	
Embouti	
Variolé	
Cavé	

Clairramé

Corallin — imitant le corail.

Ondé

Fosselu

Forvoyable — qui peut s'égarer.

Duisant — plaisant.

Ord — d'où ordure.

Angoisseur

Pertuisé — fendu.

Parfin

Tourbillonneux

Vergogneux — pudibond.

Mortifère

Sentencié

Perdurable

Barbelé

Fretaillé

Croche

Gloute — d'où glouton.

3° Verbes : (74)

Chaloir — d'où non-chalant.

Guigner — faire signe de l'œil.

Deffubler — le contraire de s'af-
fubler.

Destordre

Élourdir

Trouiller — enrouler un fil.

Œillader

Amignonner et
s'amignotter.

Recorder — remémorer, se ra-
menter.

Ahonter

Accacher — appuyer fort.

Pourpenser

S'accomparer

Bouller — rouler, d'où s'ébou-
ler.

Époinçonner — piquer.

Destrancher

Se charpenter

S'appetisser

Eslocher — s'eslocher, locher.

Enfondre — mouiller de part en
part.

Attourner — d'où attour.

Languetter

Désancrer

Jargonner

Affier — enter ou greffer.

Rebouter — raccommoder.

Pertuiser

Rengréger

Forligner — sortir de la ligne
droite.

Parfournir

Larmoyer

Arraisonner

S'ombroyer — se mettre à l'ombre

Se hardier — d'ou s'enhardir.

Verdoyer

Cacasser — jacasser.

Accoler — accolaïser.

Grestir

Virer — vironner.

Angoisser

S'orgueillir

Solatier — soulas.

Se douloir

Souloir — avoir coutumer.

Agresser

Querre — quérir.

S'énamourer — s'amouracher.

Transmuer

Issir — d'où issue.

Se gaudir

Morigéner

Épiloguer — critiquer (mot grec.)

Béer — bailler.

Guerdonner — gagner (Francique.)

Se forcenner

Semondre

Gausser

Engluer — de glu (Celtique.)

Gauchir

Grafigner — égratigner.

Tressuer

Enflamber

Affoler		ser	se cacher.
Bailler	donner à bail.	Gaber	rire sous cape.
Devaller		Accourcir	
Brocher	percer.	Sonner	appeler.
Flajoller		Résumer	manger.
Desvoyer		Hucher	crier.
Musser, se mus-			

Outre ces 160 mots il reste bien d'autres termes encore qui me sont échappés, et qui pourraient grossir notre glossaire Poitevin.

Saint-Maixent, typ. Ch. Reversé.